4

川村毅

論創社

目次

4《フォー》……7
あとがき……123
初演記録……138

4

登場人物

FOUR男

1

黒い箱がある。
五人の男が出てくる。
男たちは黒い箱に手を突っ込み、紙切れのようなものを取り出す。
それぞれ紙切れを開いて見る。
ひとりの男は、去る。
四人が残る。

2

四人は黙ったままそれぞれの位置につく。

F

家に帰る途中、イチョウの葉を踏んだ。どこから落ちてきたのかと見上げると、秋晴れだった。イチョウの木はどこにもない。

……家は私を待っている。おそらくいつもと変わらない平穏が待っているだろう。早く帰りたいのだが……靴底にイチョウの葉が張りついているのだろう。葉っぱの感触が伝わってくる。これまで体験したことのない感触。いつかこれを感じる日がくるだろうという予感はあった。だから、この予感は、なんだか、どこか、なつかしくもある。だが、これは、このまま思い出にはしたくない、すでに知っていた未来からやってきた、なつかしい恐れだ。

まっすぐ帰宅するのは、やめだ。家の者は心配するだろう、ここ数年、子供が生まれてから、寄り道は一度もしなくなっているから。駅前の飲み屋に入って、カウンターに座る。かつてよく座っていた席だ。店のなかでは、主人もメニューも変わっているものはない。

「あれ?」と主人。「ご無沙汰で」と笑顔。

私は戸惑った。自分だけが変化していると思っていたからだ。生ビールにねぎまとレバー。注文するものに変化はない。そのことに違和感を覚えた。

後悔などするまい。これは国民の義務であり、誰かがやらなければならないことなのだ。とりたてて胸を張る必要はないが、視線を落として歩くこともない。

議論は十分つくした。圧倒的な多数意見のなかで、私は孤立無援だった。どこかで、昔のアメリカ映画の主人公と重ね合わせている自分を感じていた。これはナルシシズム。しかも私はテレビ・インタビューにまで応じた。顔入りでだ。間違ったことはしていないという確信と、決断の苦渋を公に見せたいという思い。

これはヒロイズムか?

自虐はやめとこう。これらのことは自ら招いたことではないからだ。これまで何の関係もなかった世界から、突然勝手に転がり込んできた事態なのだから。

生ビールが、体に染みる。

彼はこれから、いずれ死ぬのだ。

私はそれにひとりで反対した。根拠は彼が失業中だったことだ。

父は失業者だった。私が高校二年の時、父の経営する会社は倒産した。父はそれから再建の努力をするわけでもなく、新たな職業を探すでもなく、かといって茫然自失ということでもなく、ただ淡々と生きた。空白を生きたと今の私は思う。

裁判所で初めて実物の彼を見た時、父を思い出した。彼は淡々としていた。その仕草が、反省が見えないとして明らかに判決に不利に働いた。空白を生きているのだと思った。悪人ではないと思わせた。

私はいつも彼を見ていたが、彼が私の視線に気がつくことは、ついに一度もなかった。心残りといえば、それが心残りだ。こんな思いで見ている人間がひとりここにいたのだということを、彼にわからせたかった。

これは、ただの感傷であるに違いない。だが、裁判所という、一粒の感情の介入すらも許さないようなその場所で、現実には人間達のさまざまな感情が渦巻いていることは間違いがない。

「反省」という言葉は論理でも倫理でもなく、感情だ。それを嘘か真実かを判断するのもまた感情だ。裁いたのは法律ではない、私達の感情だ。

生ビールのジョッキが空になった。日本酒を常温で注文する。のってきたぞ。のってきてしまったぞ。かつての私が、急激にでもなく、ゆっくりでもなく甦ってくる。

よし、ひとつあそこで産み落とした感情を並べてみよう。ついでに食べるものも追加注文といこう。

牛すじの煮込み。

ナルシシズム。

うずらの玉子。

ヒロイズム。

ししとうの串焼き。

センチメンタリズム。

それと……食べ過ぎだろうか？　いや、ここはひとつ、マゾヒズム、といこう。さらにもういっちょう、サディズム。

待て。サディズム？　サディズムと死刑判決を結びつけようというのか。悪人を罰する正義の者は、確かにヒロイズムという父と、サディズムという母から、生まれている。

そう、私は正義だった。裁判所で私は正義を演じた。何者かであろうとした私は、その通りになった。今はもうきれいさっぱり、見事なまでに何者でもない。郊外に家を持つ、理屈っぽい大学職員。何ら変哲もなく繰り返されるであろう日々を断ち切るかのように、正義の役割は向こうからやってきた。私はそれを演じ切ったが、刑の向こうにある光景のことは、まるでわからない。

だが、明日からまた元に戻れる。

自分こそが、人の死を決定したという記憶以外は、すべて元通りであるに違いない。

私はそれを望んでいる。

0

この月の満ち欠けは危ない。気をつけろ。今日は事故が起こりやすい日だ。月がそう語ってる。……別に。ひとりごとだ。……花見？　いつだっていい。それが君に関係することなのかね。……だから、空いてる夜を秘書に見つけさせるさ。それでいいだろ？　……なにを？

……まだだ。……言われなくても、わかっていることだから。全部わかっていることだから。……法務省の役人はこうして俺を多少なりとも追い詰めたことに満足して、笑みを押し殺して大臣室を退出する。いけすかない役人だ。それだけじゃない、いけすかない総理大臣、いけすかない政府、いけすかない人生。いや、愚痴を並べ立てても仕方ない。やめよう。こうネガティヴになるのは、気候が関係しているに違いない。今年の四月は寒過ぎる。このぶんでいくと、桜の色味で精神をあらぬ方向に駆り立てられる人間が多く出そうだ。俺もそのうちのひとりか？　テレビの討論番組で思いの丈すべてをまくしたててやろうか。責任はすべて風に舞い散る桜の花びらにあります、ということにして。

いかんな。この季節はどうもいかん。乗り切らなければ。これを切り抜けることができれば、およそ一年間は誠実で温厚で頼りがいのある大人として生き延びていける。誰も知らないと思うが、俺は実は女のような男だ。男っぽい女よりは、明らかに女っぽいだろう。だが、同性愛者ではない。ホモではないが、女っぽいことは隠している。

誰にも話したことがないようなことを、俺は今一体誰に向けて話しているのだろう？

そう、桜の季節だった、父が自裁したのは。タカ派の論客としてならしていた父は、党内の権力闘争に負けたと思い込み、遊説先のホテルで首を吊った。ベッドの傍らには右翼からもらった日本刀があった。俺は想像する。それは多分割腹するために帯同した日本刀であるに違いないが、そこまでする勇気はなかったというわけだ。俺は父の影響を遮断するかのように、やや左寄りの中道として政界を泳いでいる。

死刑廃止運動への関わりと、父の死が関係していると気がついたのは、つい最近のことだ。なぜ、これまで気がつかなかったのか、いや、俺は気づこうとしなかったに違いない。父と同じように俺は大量飲酒者だ。支援者には隠しているつもりだが、どこから嗅ぎつけたのか、父の代からの支援者は俺をたしなめ、きつく叱る。言い草はこうだ。

「酒を控えろ。おとうさんは、酒に殺されたんだから」

確かに通風口にシーツを吊るし、そこに首をかけたのは泥酔状態でだった。だが、俺は心のなかで反論を繰り返す。

父を殺したのは、国だ。

こうして、俺は今夜もひとり、書斎でウイスキーを飲む。ウイスキーでならした頭で次の一手を考える。書斎は暗く、自分の影が壁に映っている。ウイスキーはアイルランドのシングル・モルトで父が愛飲していた銘柄だ。いろいろ試してみたが、結局これにたどりついた。この季節がよくないもうひとつの理由は、こうしていると書斎の壁から父が現れそうな気配を感じるからだ。俺はハムレットにはなりたくない。だが、確かにこの国の関節もまた外れている。

本当のことを言おうか。究極のところ、俺に政治理念はない。いろいろ言葉を並べ立てるのが商売だから演説はあちこちでするが、中身はといえば、公共コマーシャルほどの時間があれば事足りる。

今、大臣室の机の上には五通の執行命令書が置かれている。俺が署名捺印をすれば、手続きは完了だ。署名しようとペンを持つ俺は、すでに俺ではない。俺は国だ。俺が、国家だ。なんてこった。これには明らかに総理大臣グループの策謀の匂いがする。

俺は未決囚のひとりの裁判記録を読み耽った。世間を大いに騒がした無差別殺人犯だ。断じてこの人間は許せないという感情と、死刑制度反対の理念は、俺を国家にまつり上げたところで、分断されたままだ。

俺の復讐は漂流する。

俺は執行命令書の上に一冊の詩集を置く。一週間前の高校の同窓会でもらったやつだ。詩人を自称する男が俺に手渡した。在学中は一言も言葉を交わしたことのないやつで、なにひとつ接点がなかった。当時俺は生徒会長で、やつはといえば、目立たない無口な変人だった。やつは、不気味なまでの清々しい笑顔で、出版されたばかりだという詩集をよこした。俺は警戒の表情をしていたのだろう、それを読み取ったらしいやつは言った。

「私は君のことをずっと見ている」

俺は内心ではひやっとしながら、大笑いをして見せた。やつはそんな俺を見つめていた。シャツの下の鳥肌を見透かしているかのような目で。
その詩集をずっとカバンに入れたままだった。
『深夜の罪と朝の罰』
嫌なタイトルだ。こんなものに気を取られていてはいけないはずなのだ。
俺は、国家の役割を果たそうとしているのだから……。

U

休日には思いっきり太陽を浴びようと思っています。家族の誰よりも早起きをして、歩いて二十分ほどの公園に向かいます。ことにこんな夏では、散歩は朝に限ります。公園のなかには大きな貯水の池があって、そのまわりにたくさんの木々が葉を茂らせています。緑色の水面が太陽の光に輝いています。私は両腕を挙げて、水の気を吸い取ろうとします。池の端を歩いて木々の奥に入ると、私のお気に入りの樹木にぶつかります。最初に通りかかった時、木が私に何か話したそうでいることがわかりました。それで私は彼の前に立ち尽くしたのですが、なかなか話の内容は聞き取れませんでした。私は抱き抱えるように両腕を回し、体をぴったりつけました。木が安心したかのような息遣いをするのがわかりました。それから、この木とのつきあいが始まったのです。

木はいろいろなことを話します。百年の間で自分のまわりで起こった出来事、自分の身に降りかかったことなどを語りました。多くの仲間が伐採されていったなかで、木は残り、生き延びることができたと言います。私は私で日々の仕事や暮らしのことを話します。

今朝も木は七月の朝の光を浴びて立っています。私はまず木のそばの太陽の光が落ちている場所に入り、体に溜まった毒素や邪気を取り除きます。大きく深呼吸をして太陽と木々のエネルギーを存分に吸い込むのです。それが終わると、私は木を抱き締め、まずは自分のこと、昨日のことを話しました。

「執行日だったんです。ひさしぶりの執行日で、私が担当したんです。だから今週はずいぶん休めます。でも滅多に休まることはないんです。体は休まっても、頭はぐるぐる止まらない。どうしたらいいんでしょう?」

木は黙っていました。いつもの通りです。木は私の質問に答えることは決してありません。私はさらに話しました。

「こうしている自分というものが、よくわからなくなってくる。執行した自分が、執行後普通にしていることがよくわからなくなってくる。執行前の自分と執行後の自分の折り合いがつかなくなってしまうのです」

するとと、木がつぶやいたのです。

「何も変わらない」

私はびっくりして耳をすましました。

「変わる必要はない。君は仕事をしたというだけのことだ。仕事を終えると疲労を覚える。変化はただそれだけのことだ。君は疲労を取って普通に戻る」

言い終えて木は黙りました。私はしばらく木に寄り添っていましたが、頭上の鳥の鳴き声を合図にして木から離れ、池のまわりを歩きました。そうやってもっと太陽の光を吸入しようとしました。すれ違うジョギング・ランナーに「おはよう」と声かけながら。頭のぐるぐるは消えて、爽快な気分です。途中ベンチに腰を下ろしました。水鳥を眺めました。自分だけではないんだ、自分だけがこういう思いでいるわけではないんだ、同僚の誰もがこうやって各々どこかで太陽の光を吸引しようとしてるんだ、と言い聞かせている自分がベンチにいました。

なんで、自分はこの職業を選んだのだろう、という問いかけが浮かびました。

そこで、私は気がつきました。また頭をぐるぐるさせている。こんなことではいけないとすべてを振り払おうと頭を左右に振りました。まるで水気を切る犬のようなしぐさです。

このことに今自分が深く触れてはいけないと思いました。なぜ自分がこの刑務官という職業を選んだか、ということです。これはまだ木にも話していないことです。なぜならば、それを話す自分を想像した時、その時の自分とは、もうどうにも取り返しがつかなくなった自分なのではと思うからなのです。

私はまた犬のように頭を振り、ベンチを立って歩きだします。彼のことが頭をよぎりました。もう彼は昨日の執行のことを知ってることでしょう。それによって彼の態度が変わるかどうかです。心を閉ざした彼のことはすでに木には話しています。木はなにも答えず、その時は自分達に降りかかった迫害と虐殺の歴史について語りました。

木を抱き抱えるようにすれば、彼もまた語り出すのだろうか。でも、その時は私もまた自らを語らなければならないだろう。もしかしたら取り返しがつかなくなる自分を覚悟して。しかし、そうまでして私は一体何を彼から引き出そうとしているのだろう。口が裂けてもいってはならないことだが、私は未決囚の反省などまったく信じてはいないのだ、なぜなら……

私は今家の前に帰ってきました。頭を振り、いっさいを振り落とします。もう今日は頭のぐるぐるはないでしょう。太陽の光を浴びたからです。家はいつもなにも変わらない私を求めているからです。

休み明けはまたがんばろうと思います。

R

ここ数日のあいだで、ぼくはまた夢のなかに入ってしまった。今ぼくを殺したとしても、なんの痛みも感じないだろう。そのことをあいつに言うと、例によっていじめっ子といじめられっ子のあいだに立って困っている子供のような顔つきをした。あいつの表情のうちで、一番好きなやつだ。ぼくは追い打ちをかけた。

「今すぐ刑を執行してくれないかな?」

あいつは黙って出て行った。目に涙を溜めていたのを、ぼくは見逃さなかった。

夢のなかでやっているようだった、というのは多くの殺人者の常套句だ。取調室での、ぼくの第一声もそれだった。警察官の呆れたかのような表情。こいつもまたこれか、とでもいいたげな顔つき。

「それで目が覚めた今、自分のしたことをどう思ってるんだ?」

警察官は聞いた。意外だった。その時はまだ夢のなかだったからだ。留置所で、ぼくは終始夢のなかだった。拘置所に移されても、移動のためのワゴン車のなかでも夢のなかだった。裁判所でも夢のなかだった。でも、そのまま眠りっぱなしというわけにはいかなかった。覚醒は本当の眠りの最中に起こった。被害者の苦しむ顔が目の前に現れ、悲鳴がはっきり聞こえた。それはまぎれもない現実だった。手のひらには血液の感触。大変なことをやらかしてしまったという実感から頭が真っ白になり、心臓の鼓動が皮膚から外に飛び出していた。一本道をひたすら走っていた。まわりには何もない一本道だった。それはすべて眠りのなかでのことだった。汗をかいていたが、目覚めるということはなく、起床時刻まで、ただひたすら走りながら眠り続けていた。

眠りと覚醒は逆転した。現実は夢で、眠りの世界のなかで、現実の生々しさが繰り返された。だからぼくはレム睡眠の世界でしか本当に罪を感じることができなかった。

変化が起きたのは、判決が下されてこの房に移されてからだった。それは拘置所の窓から聞こえてきた鳥の鳴き声だった。かつてどこかで聞いたことのある鳥のさえずりに、ぼくは動揺した。まぎれもなく自分は人間にあるまじき行為を犯した者だという実感が体の芯から沸騰していった。名前もわからない鳥の姿を想像して普通ではいられなくなった。

ぼくがやったことは、そのさえずりを永遠に消した、その仕草をつぶしたということなんだ。

号泣を聞きつけて、あいつが入ってきた。ぼくは大声で叫んでいた。「もうしわけない、もうしわけない」と。あいつがぼくの背中に触れたのがわかった。ひとしきり泣き終えて振り返ると、あいつが柔らかな微笑みを浮かべてぼくを見ていた。満足そうだった。でも、その時にはぼくはまた半分夢のなかに戻っていた。翌日はもうすっかり、いつも通りの夢のなかだった。目の前の風景は薄っぺらい紙に描かれた書き割りだった。何か物に触れようとしても、指は空を切り、見えるだけで実体の感触をつかめることはなかった。罪の実感はどこかへ散り散りになって、泣いた自分すらも忘れているので、「反省」という言葉を間近に置かれても、ぼんやりとするばかりだった。そんなぼくに再びあいつは落胆したようだった。でも、鳥のさえずりを境にして、現実世界での現実の「よみがえり」が時折起こるようになった。前触れも法則もなく、それは突如襲ってきて、ぼくを罪の意識の奈落へと蹴落とした。

季節は冬だ。木曜日に勃発した「よみがえり」が翌朝になっても消えず、土曜日曜と続き、今日はもう月曜だ。完璧にぼくは死と隣り合わせの世界に没入した。そう、それが、まぎれもない、ぼくの現実なのだ。夏に執行された隣の房の強盗殺人犯の顔が思い出された。死の恐怖で、体ががたがた震え、夜の闇が追い打ちをかけた。眠りはさまたげられた。あいつがぼくに勧めたのは写経だった。嫌だと言うと、次によこしたのは、『罪と罰』だった。読書のできる精神状態などではないと思ったが、ページを開くと、驚くばかりのスムーズさで活字が飛び込んできた。これはあいつの目論みとはまったく正反対の結果だろう。しばらくぶりに触れたフィクションの世界は、ぼくをまた夢のなかにいざない、ぼくは現実感のない平穏な生活に戻ることができた。

恐怖は消えている。この時期に刑を執行してもらいたい。この願いを恐らくあいつは誤解しているだろう。かわいそうなやつだ。ぼくがあいつよりも数倍も高級な人間であることを、ぼちぼちわかっていい頃なのに。

ヘリコプターが低空飛行で飛んでいる。どこかで大きな事件が起こったのだろう。監房が、ヘリの振動で揺れる。

これは、現実なのか？　現実だとしたら、どういう現実なのだろう？

四人は沈黙する。

3

F　さて、どうしましょう？

沈黙。

F　どうしましょうか。
U　交換してみるというのはどうでしょう。
O　このまま続けませんか。
R　もう少しやってみましょう。
F　よろしいですか？
U　けっこうです。
F　十分だ、という意味ですか？

U　賛同するという意味です。

F　では続けましょう。……あなたはなぜ詩集を読まないんです？

O　いきなりですね。

F　一番引っ掛かった箇所です。

O　興味がないからです。

F　高校のころは書いていたのに？

O　そういう設定ですか。

F　拒絶しますか。

O　詩集を出版したのはあなた、という設定が通るなら、受け止めます。

F　なるほど。ぴったりといえば、ぴったりだ。いいですね。すると、詩集をあなたに渡したかつての変人というのは、私ということですね。

O　嫌ならいいです。

F　いいですよ。私たちは同級生ということで。

R　こっちのことを話していいですか。

F　どうぞ。

Ｒ　なぜ執行しないんですか？
Ｏ　私にばかり矛先が向きますね。
Ｆ　大臣なんだから仕方がない。
Ｒ　なぜ執行しないんでしょう？
Ｏ　今度勉強会を始めようと思っているのです。
Ｒ　小心者なんですね。
Ｏ　直球ですね。
Ｒ　後もありませんしね。
Ｏ　歴史をつくるのは小心者です。
Ｒ　どういうことですか？
Ｏ　小心者はよくものを考えるからです。
Ｆ　なるほど。よくわかります。
Ｕ　『罪と罰』は読み終えたんですか。
Ｒ　ええ。
Ｕ　どう思いましたか？

R　長かったです。
U　次に読みたい本があるなら言ってください。
R　別にありません。
F　小心だからハンコを押さないというわけで？
O　まだその話題ですか。
F　変人のしつこさです。
O　ですから、まず勉強会です。
F　あなたの個人的な感情で執行が留保されているのだとしたら、裁判員の心労は徒労でしかありません。このストレスはけっこう尾を引く。
U　わかりますね。
F　裁判員のなかで確か最初私だけが反対だったんです。なぜかというと、なぜかというと……なんだったたんだっけかな。
U　君は何をしたんだ？
R　無差別殺人です。なにをいまさら。
U　確認です。

R　最初からそういうことでしょう？　そうではないことが在り得るんですかね。私は何か勘違いをしてる？

U　していません。

O　していません。

F　たぶん、私が反対したのは、彼の動機が未だに理解されていないからでしょう。怨恨ならば理解できる。理解できていない人間を同じ人間が裁くことができるのだろうか。怨恨のない殺人というならば、それは戦争殺人と同じじゃないかと。

O　戦争もまた裁かれます。

R　確かに敗者は裁かれます。でも、勝者の大量殺戮はいつだって裁かれることはない。

U　君、あまり調子に乗らないほうがいいですよ。

R　わからないんです。結局自分がわからないんです。なんであんなことをしたのかもわからないから、どう反省していいのかもわからないんです。

U　君は奪ったんですよ。

R　なにをですか？

ひとの命を。
命ってなんです?
ひとの人生を突然断ち切ったんですよ。
人生をですか?
そうです。
(Uに)あなただってやってましたよね。
君たち、これは大学生がしそうな議論ですぞ。
今の大学生は議論をしません。
(Uに)あなただってやってましたよね。
そういうことは、いいじゃないですか。
人を吊るしましたよね。
……。
どの役割だったんですか? 目隠しですか? 首に縄ですか?
……。
答えてください。ものの本によると支え役ってのが、けっこうつらいっていうじ

RURURORFORURURU

ゃないですか。落とされてきた体を下で支える。まだ十分温もりのある体を抱きとめる。完全には死んではいない、生と死の狭間で揺れる死刑囚を支える。死にゆくからだにとって、最期の人の温もり……

F　それくらいで、やめましょうね。

R　要するにヒトゴロシどうしが、毎日向かい合っているというわけです。握手しましょうよ。

U　帰ります。（去る）

F　行ってしまった。

R　議論しようとしただけなのに。

O　議論か……

F　議論は嫌いですか？

O　君、私は政治家ですよ。

F　では、どうぞ。

O　君は彼の殺人と戦争を同列で論じようとしているが、彼は国家から命令されたわけじゃない。

F　命令されたんですよ。

O　へっ⁉　君、そうなのかね？

R　わかりません。

F　彼は国家から命じられたままに無差別殺人を遂行した。しかし、その国家は彼だけの国家だった。

O　やってられない。君、そうなのかね？

R　よくわかりません。

F　彼は自分のなかに自分しか理解できない国家を作り上げてしまったんです。

O　聞いてられない。君、そうなのかね？

R　考え中です。

F　だから、こちら側の国家が定めた法律で彼を裁けるかどうかということなんです。そういうわけで、最初私は彼の死刑に反対だったのです。

O　やめだ、やめだ。（帰ろうとする）

F　詩集を返してくれませんか。どうせ読みゃしないんでしょう。

O　返してやるさ、こんなもん。

F　なかに君の詩がある。

O　……。

F　タイトルになってる『深夜の罪と朝の罰』。当時あなたが書いた詩です。盗んだんです、あなたを。

O　……。

F　あなたまで帰らないでくださいね。やり遂げましょうよ。

O　私は逃げない。

F　その意気です、あなた。

R　……帰ってこない。本当に行ってしまった。

F　彼は、帰ってこないですね。

R　帰ってこない。失踪してしまった。

F　展開が続きませんね。

O　展開が続かない？

F　三人じゃ進めません。

O　ひとりに入ってもらうことはできないんですか？

F　できません。ルールですので。

R　どうしましょう?

F　さて、どうしましょう?

沈黙。

F　どうしましょうかね。

O　やり遂げましょう。

R　交換してみるというのはどうでしょう。

O　やってみましょう。

F　ではそうしましょう。

黒い箱を持った男がやってくる。男は箱を置いて、丁重なお辞儀をして去る。

O　やり直しだ。

R　やり直しだ。
F　いいんですか？
O　いいです。
F　ではそういうことで。

Uがやってくる。

U　すみませんでした。
F　なぜ逃げたんです？
U　混乱しました。
F　何か問題が？
U　ちょっとくたびれましてね。この交換はありがたい。
F　こういうことはあまり何回もしたくない。
U　今回は特別ということで。
O　大変なのは、あなただけじゃないんだ。

R　その通り。

U　ですから、すみませんでした。

四人、黒い箱に手を突っ込み、紙切れを取り出す。開いて見る。

4

四人、それぞれの位置につく。

F

頭のぐるぐるは止まりません。第一波は夕暮れ時にやってきます。日が落ちるにつれて疲れの澱がずんとからだの芯に沈んで、虚無が忍び込みます。しかし、それは同僚と話をしているうちに紛れるものです。

問題は深夜に襲ってくる第二波です。ぐるぐるはまさしく津波のようです。襲っては引きを繰り返し、明け方まで頭のなかをぐるぐる駆け巡るのです。昼間の冷静さを破壊し尽くすのです。

勤務に就いているときは、ぐるぐるが起こることはないので、部長に夜勤の回数を増やしてもらいましたが、さすがに毎晩というわけにはいきません。

……家のものが寝静まる頃、ぐるぐるがやってきます。どうしていいかわからなくなるのです。じっとしていられず、かといって何をしていいものかもわからず、落ち着かずにただ静かにひとりで騒いでいるのです。頭のなかで騒々しい小人が暴れまくっているのです。

ついに私はその夜、物音をたてずに家を出て公園に向かいました。どしゃぶりの雨のように虫が鳴いていました。池の水面は真っ暗でした。木の枝のシルエットが水面にまで伸びていました。私は震えました。一瞬その枝に人間のシルエットが見えてしまったからです。頭のぐるぐるが、枝に吊るされた人間の幻を思い描いたのです。

……刑執行が悲劇か喜劇かを問われるならば、少なくとも悲劇とは言えません。それは法律によって決められた合法的な仕事であって、神も宿命もないからです。

ただはっきりとした悲劇があります。未決囚が冤罪で執行される場合です。決して少なくはない悲劇なのです。刑務官には冤罪で収監されている者がわかってくるものなのです。

喜劇の可能性はというと……死刑という制度そのものが悪い冗談といえるかも知れない。その冗談にまじめに取り組む人間たちの光景は、それは恐らく喜劇に違いない。当事者が必死であればあるほど、事態は喜劇に傾斜していくことを、私は認識してしまっているのです。もっともこんなことを語る私は刑務官として明らかに失格で、上層部に知られたら、即刻クビになるかも知れません。

そうであるとしても、私の話したい欲求は消えるものではありません。それが私のぐるぐるという病の治療法かとも思うからです。

人間のやることですから、しくじりということがあるのです。おわかりになれるでしょうか？　死刑のしくじりは、黒い喜劇、真っ黒い喜劇として記憶されます。

……私は黒い喜劇に立ち会ってしまいました。しかもいきなり初めての執行でです。

私は首にロープをかける役割でした。いきなりの大役です。それが上層部の期待なのか悪意なのかは、わかりません。

眠れない夜を過ごして私は執行当日を迎えました。未決囚は強盗殺人を犯した男でしたが、ここ数年はキリスト教に改宗して聖書を読み続ける日々を送っていました。私は彼の担当ではなかったのですが、会話を交わしたことはあります。穏やかな目をしていました。執行を知っても暴れないだろう、という私たちの予想通りしっかりとした足取りで彼は踏み板に乗りました。布を被せられた頭から私はぶるぶる震えながらロープの輪っかを首にかけます。彼が何かつぶやくのが聞こえました。

踏み板が外されましたが、彼は死にませんでした。普通だと痙攣を起こして二十分ほどで絶命するのですが、吊られた瞬間下で支える役だったMさんが「あっ」と声を上げました。吊られた彼がばたばたと足を動かすのです。それは痙攣とは違う動きのようでした。

「ロープが顎にひっかかってる」

Mさんが叫びました。私のかけ方が甘かったのです。立ち会いの所長、検事たちが慌てて中腰で立ち上がるのが見えました。

「降ろせ」

Mさんがまた叫びます。彼がどさりと倒れます。私は踏み板の下に駆け降りました。Mさんが彼の胸にまたがっていました。私は心の中であっと大声を上げていました。Mさんが首に手をかけていたのです。医師や他の刑務官たちも取り囲みます。私は無意識のうちに殺害の現場から後ずさっていました。その後の様子を同僚の肩越しから様子を伺っていました。医師が脈を取っているところでした。医師は絶命を告げます。立ち上がったMさんが、私を見つけてじっとみつめました。私は腰を折り、「すいませんでした」と口にしていました。顔を上げると、Mさんはもういませんでした。

このMさんという方は、十歳年上の先輩でしたが、ふだんはあまり親しい仲ではなく、どういう方なのか私はほとんど知りませんでした。執行後の慰労会で改めて謝罪をしようと思っていましたが、Mさんは現れませんでした。

私は休みをもらいました。

その間、いろいろなことを考えました。

Mさんは、あそこまでしなければならなかったのだろうか？

自分が支え役だったら、どうしていただろうか？

一週間して職場に戻るとMさんはいませんでした。刑務所に配置転換されたということでした。

頭のぐるぐるが始まり出したのはこの頃からでした。私はどうしてもMさんにきちんとお詫びをしたいと思い、勤務先に赴きました。そこにもまたMさんはいませんでした。刑務官を辞めてご自宅に戻り、独身のMさんはお母様と暮らしていることを同僚の方から聞きました。そこで私はご自宅に伺いました。

はたして、そこにもMさんは、いませんでした。お母様が話してくれたところによりますと、精神をおかしくされて入院しているということでした。私は病院の所在地を尋ねましたが、今はそっとしておいて欲しいと断られました。

私は今話し相手の樹木の前に立っています。夜の木は昼間の感じとは違って私を簡単には受け入れない威厳がありました。

私は、自分がMさんの人生を台なしにしたと話しました。木は何もしゃべってはくれませんでした。

その沈黙が私のぐるぐるを一瞬、夜空の彼方へと追いやりました。

なんだかんだいいつつも私は裁判員という役割を楽しんだといっていい。テレビのインタビューではそれなりに苦悩の表情を見せてはいたが、退屈な生活のなかで、裁判員としての日々は充実していた。何事も初めての体験はわくわくするし、自信が湧いた。自分が必要とされているという自信。もうとっくに忘れてしまった感覚だった。

人生のなかで突如ふってきた特別の日々。私はまだ彼をはっきり覚えている。私たちが死刑の判決を下した彼の顔つきや仕草を。

そのことを人に話したことはない。妻にも話してはいない。最初から彼女は徹底して裁判員としての私に無関心であろうとした。その態度に私は感謝した。

私は黙っていた。忘れられない彼の映像は、意識の底に潜伏したまま、いずれ時がくれば消滅するだろう。

そう思っていた。ところが、予想だにしない展開が待っていた。その夜のことを語らせてもらおう。

仕事帰り、しばらくぶりに同僚のSと飲み屋に立ち寄ったのだった。一週間前職場の電話でSが誘ってきた。Sは私と同い年でずっと同じ経理課にいたのが、その年、総務に移った。私より少し出世したようだった。同じ経理にいるときは、たまに飲んでいたが、移ってからはまったくお互い疎遠になっていた。

Sは少し値の張る焼き鳥屋に行こうと言った。私が渋る素振りを見せると、

「心配するな」と言った。

Sはよく食べよく飲んだ。勢いにつられて私も飲み食べた。会話は弾まなかったが、不意にSが語り始めた。職場での不倫が女房にばれたと話した。

私はおやおやと思った。Sの話の内容にでなく、こんなことを話し出すSの態度にだ。

「女房は出て行った」

Sはきっぱり言った。

「そうか」

としか私はいえなかった。するとSは妙なことをいい始めた。

「出て行ってはいないんだが、出て行ったんだ」

「どっちなんだ」

「どっちでもいいんだがね」

と泡盛のロックをあおった。私はSの表情になつかしさを覚えていた。かつて

父が体現していた空白の空気感だった。

　この時代の男の生きざまなどとたいそうな考えが浮かんだ。男の成熟とは、日々からっぽに向かうことだ、などと。

　彼の顔が思い出された。彼は、年を重ねる前に、からっぽを感じ過ぎてしまったのかも知れない、と思った。

　私が話す番だと確信した。口から滑り出したのは裁判員としての日々のことだった。クライマックスは死刑判決だった。

「そんなことしゃべっていいのか？」

　Sは言った。

「いけないんだ」

　私は答えた。

「それなら黙っていろよ。なんでおれにそんなこと言うんだ」

　私はその剣幕に驚いてうつむいた。

「ずっとずっと言わないで、墓場までもっていけよ。もっていくんだよ」

　それから私の片手を両手で握り締め、言うのだった。

「言うなよ、君、絶対言うなよ」

私はただ驚き、それからというもの一言も発せられないまま、酒を飲んだ。トイレに行く素振りをして席を離れ、深呼吸をして「帰ろう」と言った。

勘定は割り勘を主張する私を制してSが全額持った。最寄りの地下鉄の駅まで歩いた。道すがらSは、「一区切りついたな」とつぶやいた。「なにがだ?」と聞くと、「手紙を書こうと思うんだ」と言って黙った。

地下鉄のホームでSと私は電車を待って立っていた。電車が入ってきて車両の正面が見えた頃、振り返った。ほほ笑んでいた。

「じゃあな、悪いな」

Sが消えた。視界をすぐに車体が遮った。

警察で私は目の前で起きたことを、ありのまま話した。留置されることはなかった。

遺された家族はSと同い年の妻と成人したふたりの娘だった。葬儀は淡々と行われた。その死は事故と公表された。事実を知っているのは私だけかも知れないという妄想が、さらに私を思いもよらない妄想へとかき立てた。私は実はSの妻と姦通しており、あの夜のプラットホームでは、それを苦にしたSと私とのあいだで、なんらかのトラブルがあったというものだった。誰にいわれたわけでもないのに、私は勝手にそんな噂を妄想して苦しみ、お棺のなかのSを見ることができなかった。参列者のどこかから、あの夜私がSの背中を押したのだ、というささやきが聞こえたように思えた。

遺書はなかった。

Sの最後の声と言葉を聞いてしまったのは、自分だけだという事実がさらに私を追い詰めた。

最初に見た悪夢は、あの夜と同じ地下鉄のホームの光景だった。車体とホームの隙間からはい上がってくる男がいた。全身血まみれだ。顔を上げるとSではなく、死刑囚の彼だった。

私の日々の退屈は、こうした悪夢の繰り返しにとって代わられ、それはまた別の意味での苦しい退屈となった。

飲み屋のカウンターにはいつも彼が同席していることになった。Sではなく、彼だった。すでにいないSではなく、まだ未決のままの彼なのだ。それが私にはわからなかった。せめてSであるならば、私は納得がいくであろうに。

職場に休職願いを提出した。大学のキャンパスの歓声が、遠いところから聞こえる耳鳴りのようだった。

私は心療内科に通った。

R

俺はいずれ総理大臣になるだろう。あの馬鹿が勤まってるんだから、俺にできないわけがない。父の時代に比べると、総理大臣も軽くなったものだ。適度に目立ちつつ脇のガードをしっかり守っていれば、お鉢はまわってくる。目立ち過ぎるパフォーマンスは週刊誌の餌食になる。もっとも俺は本当は目立つことが嫌いなのだ。少年の頃から俺は目立ちたがり屋と言われ続けてきたが、それもこれも父のせいだ。地元の名士、星だった父にとって息子もまた輝いていなければならなかった。

中学、高校と生徒会長をやったのも父のためだった。進学校の健全な不良に憧れたまま立派な優等生として俺は卒業した。

すべては父のためだった。

「ひとの上に立て。リーダー・シップをとれ」というのが父の口癖だった。

俺の理想は、自分への束縛を嫌うがために他人も束縛しない気ままな自由人だったが、父の教育で優秀な仕切り屋として育っていった。要するにそうした俺の才能を父は引き出したということだ。

政治理念もまた父に従った。父は苛烈なナショナリストだったが、それでは世間に受けないと思って、表向きは穏健なタカ派として振る舞った。死刑には賛成だった。というより積極的に認める法務大臣だった。調べればすぐにわかることだから、自分の口から言わせてもらう。そう、父は法務大臣を務め、任期中七人の未決囚に執行の判を押した。

俺は躊躇することなく判を押した父を尊敬する。それが法務大臣の役目だからだ。

父は次の時代の総理大臣候補者だった。法務大臣を勤め上げた後、一気に頂点に駆け上がるはずだった。

だが、何かが父のなかに起こった。

その何かは、父以外には誰もわからない。

首を吊った後、周囲の者たちは、父の精神的弱さを指摘した。強い男を演じていたと論評した。

くだらない。当たり前のことだ。強い男はどんな男にとっても演技だ。強い男など最初からいるわけがない。物語は冷酷と非情を強さと勘違いした。それが強い男の歴史だ。

俺は父と違うように生きようと決意した。その決意が俺の鎧となり、俺は表向きは強い政治家として生きている。

俺はやるぞ。来年の今は総理大臣として国が抱える問題を快刀乱麻を断つごとく解決させているだろう。

国民のために俺は身を粉にして働くぞ。

だが……本当のことを言おうか？　本当のことをここで言ってみせようか？

人前では殊勝な顔をして殊勝なことを言ってるが、概ね俺たちは国民を馬鹿だと思っている。

……酔ってるんだ。今夜もまたアイリッシュ・ウイスキーで酔っている。（詩集を取り出す。ページを開き、読む）

朝、ぼくは罪人となって目覚める
夜、ずっと誠実だったぼくたちの行いが
明け方には罪になっている
朝、ぼくは罪を感じている
夢のなかで許されない行為をしたのは
ぼくだから
ぼくは、夜の誠実と夢の行為のはざまで
宙ぶらりんだ
誠実さのために夢を否定すると
誠実は誠実でなくなる
誠実に生きようとするぼくは
朝、罪人となって目覚める
昼頃にはもう立派な罪人だ
でも誰がぼくを裁くことができるのだろう

誰が罰することができるのだろう

これを書いたのが、俺だと。そんな馬鹿な……。本当のことを言おうか。死刑廃止論には無理がある。（ページを破ろうとするが、止める。一点を見つめて）ああ、来てたのか、おやじ。父よ、あなたは正しかった。ぼくは大臣の職務をまっとうします。そうしてもうすぐ総理大臣になります。俺はあんたとは違う。強い男なんだから……明日執行の判を押します。まず最初にあの無差別殺人犯を刑場に送ります。あいつだけは許せない……絶対に……

○

担当の刑務官・あいつが来なくなってもう一週間になる。次は『海辺のカフカ』を持ってくる約束は果たされていない。なぜ『罪と罰』の次がそれなのか、ぼくには理解できないが、たぶんそれがあいつの趣味なんだろう。

こうした生活は長編小説を読むにはぴったりの環境だ。考える時間もやまほどある。惜しいのは読書で得た知恵を使える場がないということだ。なぜ自分が生かされているのか、たまにわからなくなることがある。何を考えても、それを有効に生かせる場所は未決囚にはない。選択肢はない。死へと向かう一本道があるのみ。

あいつにその思いを話すと、あいつは人間は、究極のところ誰でもそうだと言う。

「いろいろな道があるように見えて、人間はみんな死に向かって歩んでいる、その道から外れることはできない。人はその恐怖を克服するためにいろいろなことをやり、いろいろなことを考えている」と。

ぼくは、あいつを見直してしまった。こいつは、やたらとヒューマニズムを押し付けて、反省を促す「いい人野郎」ではないのだ、と。しかし、それでもあいつは最終的には、反省を口にした。

「君がここで考えたことは、すべて被害者とその遺族への贖罪と自分の罪の反省につなげていくべきだ」と。

そこでぼくは、底意地の悪い笑みをやつにふってやった。いつも通り、やつは黙って去った。ぼくがいいたかったことは、もう反省などいくらでもしているってことだ。ただそれをどうやって表現していいか、わからないのだ。贖罪と反省に明け暮れる未決囚のいろいろな姿を見聞きするが、なんとなく、ぼくにはそれが贖罪と反省の素振り、芝居に見えて仕方ないのだ。人は定形に則った外見上の仕草を見せない限りは、その本質を理解されないのだろうか。

ぼくは反省している。だが、その反省は一言で反省といって済ませられることではない。見も知らない人たちの人生を断ち切った行為は簡単に反省では済まされない、ぼくもまた済まされたくはない。

では、ぼくはどうすればいいのか。死ぬべきなのだ。そういうことだ。誰がぼくを殺すのか。定形に則って生きることができないぼくを、定形が殺すのだ。

しかし、ぼくは生かされている。そこでぼくは自分を日々傷つけようと思った。壁に頭を打ちつけて血まみれになるのだ。こんな肉体など滅びればいい。この存在はなくなればいい。

あいつは今日も来なかった。ぼくの言葉は、やつの存在の核心あたりを射貫いたのだろうか。いや、それだけではない。あの前の週に執行があった。その時何かがあったに違いない。

ぼくは、ぼくが奪った命について想う。たかだか人間が人間を殺す権利などど

こにもない。ぼくは即刻殺されるべきだ。すると、生かされているぼくとは一体
……ちょっと待ってください。……困ったな。

F　どうかしましたか?

O　続けられません。

F　ご自由にされていいんですよ。

O　わからなくなってきた。

F　何がです?

O　前の人格を引き継がなければならないのか、新しい人格を作ればいいのか、わからないんです。

F　ある程度は引き継がなければならないでしょうが、後はご自由に。

O　最初にやった自分の役柄の残像が強すぎます。

R　同感です。

U　みなさん、うまくやってるじゃないですか。

R　無理してやったというところはあります。集中できないんです。

O　そう。集中できない。

R　あなたはそうでもないんですね。
U　戸惑いはあります。
F　前の役柄に戻しますか。
R　そうしましょうよ。
O　ありがたいです。
F　どうしましょう。
U　いいですよ。みなさんがそうならば。
F　では前に戻しましょう。どうぞ。

四人、それぞれの位置に行く。

5

四人ともしんねり黙っている。

F　……どういうわけです、この沈黙は。

O　言葉がじわじわ染みてくるんです。

F　言葉ですか。

O　前任者の言葉です。忘れるわけにはいかない。

U　忘れてはいけないんでしょうね？

F　何がです？

U　前の人がよこした私の設定です。

F　まあ、いったん口にされてしまったものですからね。

U　おそろしい。

O　勝手にさせてくれませんかね。

F　それならば、新しいモノローグを展開してください。

O　無理ですね。確かに、いったん口にされてしまったものだ。

R　困ったな。

四人、黙り込む。

F　何も出て来なくなりましたね。

U　何をすればいいというんです?

F　話しましょう。

U　何を話せばいいんです?

F　自分のことですよ。話すことといったらそれぐらいしかないでしょう。

R　皮肉ですか。

F　事実です。

O　それだったらひとつしかない。あれを話すしかない。
U　それは、あれのことですか?
O　あれのことです。
F　あれを話してください。
O　ここにいるのは、そのためではありません。皆さんはどうなんです、話したいですか?

U　……。
R　……。
F　私はいいですよ。話しましょうか?
O　聞きたくないんです。
U　そう。聞きたくない。
F　ではこっちのほうを続けましょう。いいですか、(紙切れを取り出して見せ)こっちのほうですよ。やり遂げますよ。どうぞ。

U　では、職場に戻ります。(行こうとして、Fに)あなたは?
F　休職中です。

U　そうだった。
F　戻ったところでもう居場所はないでしょう。
U　私がそういうことにしてしまったんだ。
F　私はけっこう平穏な生活をしているつもりでいたんですけどね。ああくるとはね。
　　まいったな。
U　すみません。
F　謝ることはありません。
O　さて、私はこれから閣議だ。
F　どこに行くんです。
O　閣議です。
F　わかりましたが、どこに去ろうというんです。
O　ああそういうことか。そういうことね。（止まる）

6

四人、それぞれの位置に行く。
それぞれ役柄に慣れ始めてきて、敬語の数が減ってきている。

U やあ、おはよう。
R ……。
U なにもしゃべらないんだね。なぜだい？
R なぜだいときたか。
U 本を持って来たよ。
R どこへ消えてたんだ？
U 休暇をもらってね。

R　いいご身分だな。

U　そうでもないさ。

R　ゆっくりできたか？

U　……できるもんか。

R　ぼくは心配になってきたね。君はもう一度執行に立ち会った。

U　……だから。

R　ぼくの執行の時に君には番が回って来ないんじゃないかと。

U　どういうつもりで言ってるんだ。

R　……こわいんだよ。

U　……。

R　君にいて欲しいんだ。きちんと君の側で死にたいんだ。

UはRを背後から抱き締める。

U　聞こえる。君の声が聞こえる。肉声が聞こえる……

R　何が聞こえるんだ。
U　君のからだがぼくに語りかけてくる。君がこれまで受けてきた仕打ち。
R　やめてくれないか……
U　君のからだに染み込んだ君の歴史はぼくにしか聞こえない。
R　ほくは公園の木じゃない。
U　木を馬鹿にするな。
R　ぼくは人間だ。
U　木は人間より長く生きてるんだ。俺たちより物事がわかっている。離さないぞ。

Rは幽体離脱のようにUから離れる。Uはそのまま抱き締めている格好でいる。

R　ぼくは夢見るひとりっこでした。ひとりっこっていうのはたいてい夢見がちに育つもんですが、ぼくの場合は特別にその傾向が強かった。親戚はみんな兄弟が多くて、ひとりだけっていうのはぼくの家だけだった。だから親戚の集まりではぼくの家は特殊扱いで、ひとりっこっていうのは差別語に聞こえたものでした。泣いたり、文句を言ったりするとすぐに「ひとりっこはこうだから」って具合に。父親があからさまに「ひとりっこは性格が悪い」と言うのを耳にしたこともあります。

　そのせいかどうかはわかないですが、どんどん想像の世界に浸っていって、現実と妄想の境っていうものがなくなっていった。妄想がぼくにとっての唯一の世界になったんです。父はアル中でぼくが十五歳の時に自殺しました。母は女手ひとつでぼくを大学まで出しましたが、今になって思い出すのは、幼い頃の母の虐待です。アルコール依存症の父へのストレスもあったのでしょう、ぼくへの執拗な折檻は日常で、いったんヒステリー状態になると二階の窓から落とそうとしたり、髪の毛を引っ張り回したり、本当に恐ろしかった。恐ろしい現実から逃れるように、自分だけの世界を作り上げていったんです。そうやって母の記憶を一切無くそうとしていました。

　あのことも、あれはぼくのそれまで構築していった世界で行われたものなんです。感情はあったんです。ただその感情はぼくの世界で育て上げられた感情なんです。ぼくはナイフをかざして路上を走りました。その日はぼくにとってお祭りの日だったんです。逃げ惑う人々の叫び声がぼくには笑い声に聞こえました。耳元ではわっしょいわっしょいという掛け声も聞こえていました。被害者の方の大量の血液を見た時に、急に世界の色合いが変わった。その時やっと現実の、まさしく現実感を獲得できたんです。

でも判決を受けるまでの拘置所生活で、ぼくは再びぼくだけの世界に籠もる環境を与えられてしまった。裁判はぼくにとって宇宙人の集会みたいに思えたものです。それが判決後、この房に入って変化が起きた。それまで封印していたらしい母親の虐待の記憶がまざまざと蘇ってきたんです。そうやって、ぼくは初めて現実世界を認識して、自分の罪を認めることができた。やっと反省することができたのです。

RORO

お父さんのことを聞いていいかな？

はい。どうぞ。

お父さんの死は、なにか影響があるのかな。

当時はあまり感じなかったけど、息子にとって父親の死に様っていうのは影響されますね。父親の年になって自分も同じような死に方をするんじゃないかって。

O　……。

R　結局父親がぼくにとって現実だったんだ。アル中という父親の現実の姿。母はその現実を世間からもぼくからも隠そうとしていた。父が亡くなってぼくの現実世界への道筋が断たれてしまったんだ。

O　……。

R　ぐるぐるぐるぐる色んな道を迷って、やっと真人間になれたような気がします。人間として生活ができるような気がするんです。……おしまいっと。

U　（抱擁の格好を解いて）今のは……

R　そう。裁判で傍聴した供述のコラージュ。皆さん、聞き覚えあるでしょう。

U　……。

O　……。

F　要するに親の育て方のせいにしているってわけだ。わからないな。だからなんだっていうんだろう。

R　（笑い）ぼくに言わないで欲しいな。

F　（Rに）今度は私があなたに会いに行きます。いいですか。

U　会ってなにを話そうというんです。

F　決めてはいません。

U　意味がわからないな。

F　判決を出してそれで終わりというのが、どうも腑に落ちなくて。

U　あなたの役割は終わっているでしょう。あなたが考えに考えて出した判決でしょう。今頃弱腰になられたりしたら、私たちの立場がない。わかってもらえますよね。

F　わかります。

U　人間が決めたことだから、人間がやらなければならないことなんです。誰にも話さずに忘れることです。

F　忘れるために会いたいんです。

U　では会ったことも忘れてください。いいですか。

F　はい。

FはRに近づく。

F　どうも。
R　どうも。ありがとうございます。
F　は？
R　判決を出してくれた方でしょう？
F　はい。
R　ですから、ありがとうございます。決め手はなんだったんです？
F　決め手？
R　判決の決め手です。
F　何人も殺したということです。
R　そうですか。
F　私のことを恨んでますか？
R　そんな暇はありません。
F　あなたに関わったせいで、ずっと考えていたんです。人間が人間の生き死にを決定していいものかどうか。

R　何を話したくて来たんですか？

F　わかりません。

R　お帰りください。

F　私は当初、あなたの死刑を反対した唯一の裁判員でした。なんというか、なんとも言い知れない好感を覚えたんです。裁判が進むにつれ、私の第一印象、あなたへの好感は消えていった。あなたが嫌な奴だと感じるようになったからです。だから私は死刑を決めた。自分なりに納得できる論理も生まれた。人間の命を奪った人間の命ならば、人間はそれを消し去ることが許される。

R　そんなことを言うためにわざわざ来たんですか。

F　つまり、あなたがここでいい人になっていたら、私は深く後悔するだろうと。

R　この場所に、いい人になる環境なんてない。ひどいところだ。毎日がわからない。日々の生活そのものがまったくわからない。目覚めはいつも絶望だ。なんのために生きてるんだ。死刑されるために生きてるのさ。死刑を待って生きてるのさ。この生はなんだ。意味のない生を生きるって、これは拷問だ。この制度の意味がわかったさ。吊るされるまでのこの拷問の時間が罪の代償なんだ。

F　自分のことばかりだ。

R　わからないのか、制度がこういうぼくを作り上げているってことを。（立ち上がり）いけすかないな、上から見下ろす顔しやがって！　たかだか裁判員の役割を頼まれたってだけだろ、ぼくを裁く根拠はなんだ、おまえはそんなに立派な人間なのか！

F　立派な人間じゃないから、こうして会いに来たんです。

R　もう来るな！

F　よかった、私は正しかった。正しかったんだ。

Uが近づく。

U　（Fに）あなた、もう出てってください。

F　これでもうこいつを忘れられる。

R　忘れられるものか、一生つきまとってやる！

F　ふざけるな。

R　え……

F　おまえを忘れられても、あいつのことは、あいつのことは……あいつだけは、あいつだけは……

Fの異様さに三人は動揺しつつ見守る。

U　あなた、大丈夫ですか。

F　……大丈夫です。

O　少し休んだほうが。

F　大丈夫です。申し訳ない。……さあ、続けましょう。私の面会は終わりました。(Oに) 次はあなたです。

O　いや、やっぱり休憩をとったほうが……

F　大丈夫だって言ってるんだ!

O　……。

F　君、さっさと執行の判に決着をつけたらどうなんだ。

O　始まってるのか。

F　答えてくれよ、大臣。

O　ああ……そう簡単にはだな、結論というものは出ないんだよ。

F　結論は出てる。あんたは自分の仕事をさっさと片付けるだけだ。やつに会ってきたんだ。

O　やつって、やつにか。

F　情状酌量の余地はないね。

O　そんなつもりはないさ。

F　君はリベラルという鎧の下で臆病さを隠している。詩集を返してくれ。どうせ読まないんだろ。

O　あれは俺が書いた詩だ。

F　認めたな。

O　どうしてあんなものを出した?

F　どうしてだって?

O　ああ。どうしてだ。

F　君は私だからだよ。わからないのか？　私にとって君はずっともうひとりの私だからだよ。高校生の時からずっと！

O　……わかった。

F　面会に行ってこいよ。

O　（動き）あなたは……

U　はい。未決囚の監房を担当しています。

O　いろいろ大変でしょう。

U　三年が限界でしょうね。

O　私はまだ新米だからね、この制度についての勉強会を開こうと思ってね。

U　勉強してどうするんです？

O　まずいろいろ知らないとね。

U　知ってどうするんです？

O　この制度が正しいかどうかを考えるんだよ。

U　考えてどうするんです？

O　現場の人間としての君の意見を聞きたい。

U　聞いてどうするんです？
O　参考にするんだよ。
U　参考にしてどうするんです？
O　見極めるんだよ、正しいかどうかを。
U　間違っていたとしたら、どうするんです？
O　廃止だ。
U　そうなると、私たちはずっと間違ったことをしていたことになる。
O　だから、間違っているかどうか勉強するんだ。
U　勉強してどうするんです？
O　廃止か存続かを決めるんだ。国民的議論が必要だ。
U　世論の顔色を伺うってことですね。大臣が決めてください。
O　決めるために勉強するんだ。
U　決めないために勉強するんじゃないですか？
O　……君は誰なんだ。
U　刑務官です。

O　私の勉強会のメンバーになってくれ。現場の人間として。

U　喜んで参加させていただきますが、この内閣は続くんですかね？

O　やっぱり君は引き取ってくれ。

U　は？

O　どうか引き取ってくれ、俺が舌禍事件を起こす前に。

U　私はそんなことで訴えません。

O　君が訴えなくても誰かがリークするんだ、正義感面《づら》して。そして俺はあえなく更迭だ。

U　私は何も言いません。

O　そうやって築いたものをすぐ自分たちでぶち壊していく。そういう世界なんだよ、ここは。

U　落ち着いてください。

O　落ち着いてるよ！

U　お疲れになられてるのでは、大臣。

O　……そうかも知れないな。

U　では何かありましたら、呼んでください。

R　すみませんねえ。

O　……。

R　いつもはいいやつなんですけど、疲れてるのは、彼のほうなんですよ。つい最近初めて執行に立ち会ったんです。勘弁してやってください。

O　同僚の方ですか？

R　未決囚です。

O　え……。

R　ですから死刑囚です。

O　……。

R　勉強会なんでしょ。

O　ああ。

R　いろいろ聞きたいんでしょ。どうぞどうぞ。

O　……毎日何を考えてる？

R　反省の日々ですよ。ひたすら贖罪。いてもたってもいられなくて手紙を書き始めたんです。ぼくが殺めたひとの家族にです。返事はありませんが。

R　ここの環境はどう？

O　文句を言える立場ではありませんよ。いえ、実際とってもいい環境です。こんなふうにしていていいのかなと思うくらい。刑務官の方々も本当に親身になってくれています。ここに入ってからいろいろ考えましてね。生まれ変わったような気分でいます。

R　そうか。そいつあ、よかった。いや、参考になったよ。

O　（頭を下げ）よろしくお願いします。

R　何を、よろしくなんだ。

O　（そのままで）よろしくお願いします。

R　だから、何をお願いします、なんだ？

O　（そのままで）よろしくお願いします。心の底から反省してますので、ぼくを生かしておいてください。（頭を深々と下げる）

　OはRの胸倉をつかみ、いきなり殴る。他の三人は驚愕する。

O　おまえは反省などしていない！

さらに殴る。FとUが止める。

U　あなた、冷静に、冷静に。

O　わかった、わかった。もう大丈夫だから。

ふたりはOを離す。

O　……すまなかった。

R　いいか、おれはあいつじゃないんだよ。

O　（Rに）申し訳ない。

R　気持ちはわかるけど。

U　血が出てるよ。

R　ああ。少し休ませてもらうよ。
F　ちょっとあなた……
R　失踪はしないから。（去る）
O　本当に申し訳ない。
F　続けられますか。
O　大丈夫です。続けましょう。
U　私が彼をやりましょう。
F　やってくれますか。ではそういうことで。どうぞ。
U　私からいきますか。
O　お願いします。
U　どう口にすればわからないほど、こわいんだ。もう正直に言うぞ。反省してすぐ執行されるのなら、いくらでも反省する。この恐怖から逃れられるなら、なんでもする。ぼくのやったことは自己中心的な、自分がこの世で一番不幸だと思い上がっての愚行だ。反省してます。反省してるんだ。
F　ほう、なかなかいいですね。

O　そんなんじゃ君……

U　なにを笑ってるんだ。

O　そんなんじゃ君、だめだよ。

U　え？

O　そんなんじゃ執行はまだだよ。

U　どういう意味だ？

O　ひとごろしはもっと苦しまないと、

U　あんたも苦しんでるんだな。

O　だから君の執行はまだだ。

U　信じていいのかな。

O　やっぱり生きていたいんだな。

U　いや。さっさと殺してくれ。

O　（胸倉をつかむ）

F　暴力はだめですよ。

O　わかってます。ここで「殺す」「殺される」と口にするのはやめろ。

U　感情を抑えられないのはよくないぞ、ひとごろし。
O　なんだよ、ひとごろし。
U　手を離せよ、ひとごろし。
O　謝れよ、ひとごろし。
U　なんでだよ、ひとごろし。
O　その態度だよ、ひとごろし。
U　すいませんでした、ひとごろし。
O　（手を離し）……会えてよかったよ。では、ごきげんよう。
U　さようなら。
O　待ち伏せか。
F　会ったんだね。
O　会った。
F　で、どうだった。
O　決めたよ。
F　決めた？

O　在任中、俺は絶対執行命令は出さない。

F　法律違反だな。

O　かまうもんか。

F　房で何をしゃべった？

O　人間に会った。ひとりの人間にだ。鬼でも悪魔でもない、ただひとりの人間だった。

F　それで？

O　人間が人間を裁くことはできない。私は神じゃない。

F　何をいまさら。最初からこの国に神はいない。神なき国だからこそ、人間がその代わりをしなければならない。ひとりでは神の代理は無理だから、こうやって分担して役割を引き受けているんじゃないか。私は裁判員、彼は刑務官、あなたは法務大臣と。

O　俺は嫌だ。

F　これは嫌だ好きだのの問題ではない。

O　俺は絶対に判を押さない。

Rが来る。Rの頭にはすでに執行用の布が被せられ、手を縛られている。

R　始めますよ。

O　……。

F　……。

R　始めますから、立ち会ってください。

O　俺は、押していない。

R　いや、あなたが押してなくても、あなたはもう押してしまったんです。忘れましたか？　ぼくのモノローグのなかで、そう決意していたでしょう。あの時、執行命令書の判は押されたんだ。

O　茶番だ。撤回してくれ。

F　できません。

U　処刑の現実に立ち会っていただけますか、大臣。

O　俺が許可していない処刑だ。

R まだそんなこと言ってる。

U お互いもうここまで来たんだ。立ち会ってください。

処刑台が現れる。

U では役割を決めます。いいですか。

F お願いします。

O だめだ。

F やり遂げるんです、やり遂げるんですよ、あなた。

U 紐を首に通すのは私がやります。（Fに）あなたはしっかり彼を押さえていてください。（Oに）あなたは下で彼を受け止めてください。いいですか？　いいですね。

Rを中央にしてUとFが両脇を抱き抱え、階段を上がっていく。

踏み台の上まで来て、UがRの首に紐をかける。

R　損な役割だが仕方がない。これで私もすっきりするでしょう。じゃあな、悪いな。

F　！

U　ボタンを押してください。

F　ちょっと待っ……

踏み台が外される。吊るされたRは大きく揺れている。

O　（声もなくじっと見ている）

U　（下のOに）受け止めて！

O　……。

U　どうしました、早く受け止めて！

O　（抱き締めるかのように受け止めて）おやじ……

U　もういいです。放して。

O　（そのままで）……。

U　あなた、もういいんですよ。放してください。

Fが近づき、Oを引き放す。

U　このまま二十分ほど待ちます。完全に心停止するまで。

吊るされていた遺体はやがて、三人の手で下ろされる。

奥から男がやって来る。男はRの心配停止を確認する。丁重なお辞儀をして、Rを引きずって運びながら去る。

O　死んだのか？

F　確認していましたからね。

O　だから、本当に死んだわけじゃないんだろう？

F　どうなんですかね。

O　どうなんですかねって、あんた……

F　私はここで人がひとり死んだとしてもかまわないとは思っているんです。覚悟はできてるんです。

O　あんたもそうなのか。

U　わかりません。

O　そういうことなら、そういうことなら、殺されたやり方そのままで、殺してやりたかった……

F　……。

U　……飲みましょう。普通終わった後は慰労会を開いて飲むんです。

飲み屋。三人、テーブルにつく。

U　ビールでいいですね。

F　ええ。

O　（うなずく）

U　（呼ぶ）ビール三本。

F　二本でいいでしょう。
O　一本でいい。私は出なくちゃならないので。
U　では一本。何か食べますか？
F　なんでもいいです。
U　いつものやつでいいですか。
F　ええ。
O　（うなずく）
U　（呼ぶ）いつものやつ、三つ。
O　私はいらない。
F　あ、私も。
U　（呼ぶ）いつものやつ、ひとつ。

三人、ビールを注ぎ合う。

F　（コップを掲げる）

ＯＵ　（コップを掲げる）

Ｕ　（コップを掲げる）

三人、一気に飲み干す。注ぎ足し合いながら、

ＯＦＵ　みなさん、いけるクチだったんですね。

ＯＦＵ　そういうことのようですね。私は飲み過ぎですよ、毎日。

飲み過ぎはいかんよ、飲み過ぎは。（と言いつつ飲み干し）いずれにしても、飲み過ぎはいかん。では、失礼します。

どうも。

またな。同窓会で。

……。（去る）

ふたり、飲み続ける。

F　酒にかえます。
U　ぼくもそうします。(呼ぶ) お酒二本。(Fに) 冷やでいいですか。
F　ええ。
U　(呼ぶ) 冷やで。……雨ですね。
F　ほんとだ。……いきなり、強いな、これは。
U　大臣、大丈夫かな。濡れないかな。
F　あの人は大丈夫でしょう。
U　あ。冷やって言ったら冷酒持って来た。これだからなあ、最近の店員は。
F　大丈夫かな……
U　(呼ぶ) すいません、これ……
F　すみません。やはり、帰ります。
U　そうですか。
F　よおくわかりました。
U　なにがですか?
F　あなたの仕事です。

Ｕ　憐れむような顔付きで見るな。

Ｆ　そんなつもりはありません。人間が決めたことだから、誰かがやらなければならないことなんだ。

Ｕ　もう飲まないというなら、帰ってください。

Ｆ　……。（去る）

7

U

ひとり残されたU。

やはり私はだめでした。執行日が決まると、執行命令が出されたことをすぐに彼に悟られてしまいました。

「決まったんだな」

その日、彼は静かに私に話しかけました。嘘をつきたくない私は黙っていました。その沈黙で彼はいよいよ最後を確信したようでした。語りました。

「迷走し続ける人生に決着をつけようとして、多くの人を犠牲にしてしまった。救いを求めて罪を犯す馬鹿がどこにいるってんだ。もっと複雑でつらい迷い道に入り込んでしまった。それでも一方で未だに犯した罪を小さく解釈されることに抵抗を感じる自分がいる。そういうことだ。こんな人間はこの世からいなくなったほうがいい。君にはこういう人生を送った人間がいたことをせめて覚えていて欲しい」

　その夜、廊下中に響き渡る叫び声がしました。叫び声の主は彼でした。

「怖いのか？」

　うずくまって丸めた背中に私は声をかけました。嗚咽が聞こえました。しばらくして振り返りました。冷静にいいました。

「覚悟は決まった。俺は反省はしない。贖罪はするが、反省はしない」

「わかった。もう寝ろ」

　自分では冷静にその場を離れたつもりでしたが、内心では得体の知れない恐怖におののき、全身鳥肌が立ち、汗をびっしょりかいていたのです。

　私もきっかり覚悟を決めたのです。この人間を理解しようということは土台無理なのだと。これはあきらめではありません。それが私の結論なのです。

　そもそもなぜ私はこんなにまで彼に興味を抱いたのか。育った環境が似ているとか、抱いているトラウマに共通点があるとかいうことはまったくありません。

それは単に人間の相性に関係しているとしか思えません。とはいうものの、今思うのは、私は彼のどうしようもないわからなさに強い興味を持っていたのではないだろうか。さらにいえば、わからなさに共感を抱いていたのではないだろうか。執行後の特別休暇の一日目は豪雨でした。八月の豪雨です。私はいつもの公園に向かい、木に報告しました。

「自分自身がわからない人間が他人をわかるわけがないだろう」

木の問いかけに私は黙りました。

「ただし、君は、彼のわからなさを理解した。簡単な答えを出そうとはしないで」

白状しましょう。木は何も言いません。それはいつも私の自問自答なのです。

Mさんに会うことができました。病状が改善されているということで閉鎖病棟から開放病棟へ移されていたのです。やや太られて穏やかな顔付きのMさんに、私は詫びました。

「私の間違いのせいで、Mさんを苦しませてしまった」

Mさんはそれにこう応えました。

「誰のせいでもない。誰のせいでもないんだ。誰かが請け負わなければならないことが起こる。その場にいたのが、たまたまぼくだったということだ」

この言葉にやっと私は救われた気がしたのでした。

翌日私はひとりで温泉旅行に向かいました。以前から一度は行ってみたいと思っていた山奥のひなびた温泉宿です。湯に浸かり、多すぎる夕食に舌鼓を打ちながら、私は将来について思いを馳せました。

来年は、今の拘置所勤務から刑務所勤務に移ることでしょう。

一軒家を借りて、日本犬を飼おうと思います。

F

Fが出てくる。


死刑執行のニュースを耳にして、私のなかで一区切りがついた。眼前の霧は去った。

何かにすがろうとしても、まわりの一切が手のひらからすりぬけていくような日々、ただ空気の重たさだけが実感だった二年間。焦点の合わない視界、具体物が具体物として感じられない空間。夕暮れからさらに気分はゆっくりと奈落へと落ちていく。私という存在が重たくなる。

その私に世界の焦点が合い始めている。だが、それが素晴らしい世界というわけではもちろんない。

残酷なまでにくだらない世界。それはSを死に追いやった世界のままだ。

反復される失意と落胆。沈殿する絶望。

厄介なのは、それらが、目に見えない程度の細かなものだからだ。微生物のような失意。プランクトンのような落胆。アリンコ・サイズの絶望。他人にとっては、まるで理解不可能。

だが、これら失意、落胆、絶望は、他人に晒さないと成立しない。絶望は観察者を求める。不幸せには道連れが必要だ。

だから、結局人はひとりでは滅多に死ねない。たったひとりで決行したとしても、どこかに必ず死のアリバイを遺していく。そうやって生きている者たちを苦しませ続けることを死者は期待する。

この関係はどこか死刑制度に似ている。

私は今再び同僚のSについて語ろうとしている。

Sは私に華麗なる絶望ショーを披露して見せた。Sはつぶやいたのだ。

「おまえにはできないだろうが、おれはやって見せる。ほら、おまえもおれに続いてやってみろ。ジャンプだ」

つぶやきは、私を痛めつけた。

昨日、彼の執行のニュースを聞いた。

今日の午後はゲリラ豪雨で、今は夕刻の晴れ間。

なんてこった。この晴れ間は彼岸の世界と想像できるほどに、生き生きとして美しいじゃないか。

私はひさしぶりにタバコを吸い、ベランダの草花に水をやる。

私は出掛ける。じっと部屋に籠もっていたばかりの私が駅前に向かい、飲み屋に入る。そうと決めたからには抗鬱剤の服用はやめておこう。

「あれ?」と主人。「ご無沙汰で」と笑顔。

生ビールにねぎまとレバー。

店内は騒がしい。周囲の人間たちが一斉にしゃべくっている。

政治と政治家についてくだらないと言い。

経済政策とコメンテイターについてくだらないと言い。

芸能ニュースと芸能人についてくだらないと言い。

野球とサッカーの展開についてくだらないと言い。

上司と部下についてくだらないと言い。

また視界に霧がと身構えると、焼き鳥の煙りだった。私は自分の不用心なまでのくだらない深刻癖に笑った。そうはいってもいつ本当の彼岸へとジャンプするか知れたものではないのだが、たった今焼き鳥の煙りを存分に浴びている私は、きっかり帰還したのだ。この残酷で愛しいまでにくだらない世界に帰還したのだ。

私は、自殺の強迫観念からやっと解放された。これはSについての記憶のおかげだろうか、それとも彼岸に旅立った彼の残像のせいだろうか。死者に落とされ、死者に救われたのだ。消滅願望はある。消えたいだけだ。死にたいのではない。私は消えたい。だが、自分をどう軽視しようとも、私という人間の形をした器はこの世で唯一のものだ。この重みを受け止めることが、生きるということなのだ。

ビールを飲み、ねぎまをほお張る。

不意に小説を書こうなどと思う。二十代の頃、新人賞に三年続けて応募したことがあったのだが、いつも第二次選考で落とされるので、書くのをやめてしまった。だが、久しぶりに書いてみよう。

私に生きる自信はない。しかし今、彼岸の心持ちが逆に生きることを私に鼓舞している。決して励まさないでください。私はがんばりませんから。

O

Oが出てくる。


勝者には何もやるな。……このフレーズは正しい。だが、俺のように何度も勝ち負けを経験していると、その正しさがわからなくなってくる。

勝者には何もやるなとは、勝者は一切を手にしたのだから、称賛の言葉すら必要ないということだ。

本当にそうだろうか？

敗北者の落ち込みと勝利者の不安、どちらが重いのかを考えると、わからなくなるのだ。説明しよう。勝利者は孤独だ。勝つことは孤独を呼ぶ。つかの間の喜びの後には、不安が訪れる。勝利者の不安とは、これから以後勝ち続けなければならないという自らに課す脅迫だ。敗北者の捲土重来の精神に比べて、それは不健康極まりない。

俺はこれまで何度か勝ち、何度か負けた。勝利は素晴らしく、敗北は美しい。いいフレーズじゃないか。こいつをある時は演説で披露し、ある時はつぶやいて、俺はバランスを保ってきた。ダメージには気がつかないふりをして……何のダメージかって？　勝ったことのダメージ、負けたことのダメージ、なんてこった、勝っても負けてもダメージがあったんだとさ！（笑う）

死刑執行の後、俺は一斉に非難された。それまでの死刑反対の立場はなんだったのか、と。俺は執行に立ち会った事実を盾にして勉強会のための出発点と主張したが、大方受け入れられることはなかった。そうだろう、自分でも苦しい言い逃れだと思いつつ言ったことだ。

まあ、いい。こんなことは政治家をやっていれば、たまにあることだ。これぐらいのこと如きでダメージなどとは言うまい。

問題はあの日だ。思い出したくもないあの日だ。

勉強会と称して俺は死刑反対論者の議員、有識者と古本屋街に建つ大学内の拷問博物館を視察した。四十分ほど館内を見学して、学内の展望レストランに向かった。大学側が俺たちを招き、テーブルに肉料理とワインが並んだ。楽しい食事だった。有識者の連中の話はくだらなかったが、これも予想済みだ。大臣に指名されてのこのこ出て来る文化人とかいう連中はたいていい退屈なイエスマンだ。

食事は二時間ほどでお開きになったが、地元の支援者との会合にはまだ十分時間があったので、場所を移して飲んだ。たぶんビールかワインだったかと思う。覚えていないのだ。恐らく携帯していた頭痛薬もワインで流し込んだかも知れない。女房によく止められる調子に乗った時の私の悪癖だ。

そう、すでに十分調子に乗っていたのだ。

ご覧の通り。俺は調子に乗る男なのだ。

会合の場所に車でたどり着いたまではぼんやり記憶にある。……覚えていないのだ。思い出せないのだ。

三日後、俺は話題になった。きっかけはYou Tubeに投稿された画像だった。

議事堂に向かうハイヤーの中で秘書が俺にipad画面を突きつけてよこした。

流れた画像に、俺がいた。場所は明らかに会合場所の公民館の集会場だとわかった。

顔の筋肉すべてを弛緩させた男がゆらゆら揺れながら、しゃべっていた。俺だった。俺は延々と死刑制度の歴史を話しているようだった。ロレツが回っていないので、時折解読不能だった。

さらにこの男は言い出すのだ。

「あたしゃ死刑反対だけどね、やるときゃやんなきゃなんないのよ、わかってよ、わかってちょーだいっ。でもね、死刑もいいとこあんだよ、わかるか、わかるか、てめえ。人殺し生かしといたら税金ばっかかかってしかたねーだろ、てめえ」

まわりは声も出せずにしんとしている。

やってしまったのだ。

俺は法務大臣を辞任した。ＹｏｕＴｕｂｅ映像は生涯つきまとうだろう。もう何をまじめなことをいっても、その後にあれが流され、お茶の間を笑いに包んで信頼をなくすのだろう。

（笑い）芸人にでもなるか。無理だろうな。俺は自分がいじられるのには堪えられないんだ。

敗者は美しい。負けた者は美しい。……俺は今美しいか？

これが俺の物語。強い男の物語。（立ち上がる）

おい。

なんだ、おまえか。これは、どういう設定なんだ。

自分で考えてくれ。

そうか。

何をしようってんだ。

ウイスキーを注いでくる。

そうか。

ＦＯＦＯＦＯＦ

O　じゃあな。

F　……。

Oは歩きだす。それをしばし見ていたFは突然Oの前を遮り、

F　君。

O　なんだよ、びっくりするな。

F　君、また詩を書いてくれよ。

O　……。

F　そうでないと私が困るんだ。

O　……。

F　わかったのか。わかったのか、君。

O　……おお。

F　わかってないな、君。

O　もうほっといてくれないか。

F　君、死んでくれるな。

O　……わかってる。

8

男

男がやってくる。

執行後、やっと決着がついたことを墓前に報告しました。十二年間の闘いが終わったのでした。翌日からまたいつもと変わらない生活が始まりました。決着がつくまでは、すっきりと晴れ晴れとした日々が始まると思っていましたが、見えない霧はいっそう濃くなった気がします。何も終わってはいない。終わりという始まりに遭遇した者に、本当の終わりはやっては来ない。無です。まったくの無です。台風が去って、今日は快晴です。大きな雲が浮かぶ晩夏です。もうすぐ秋です。かなかなが鳴き始めました。無です。まったくの無です。

Ｆ、Ｏ、Ｕがいる。

Ｆ　終わりますか？

男　ええ。私がしゃべり終えましたので。いかがでしたか。

Ｏ　いろいろ勉強になりました。

Ｕ　いろいろありましたからね。

Ｆ　いろいろありました。

男　一時はどうなることかと、ひやひやしましたよ。

Ｆ　どうなることかと言うと？

男　大臣の判を押さない決意がけっこう強かったですからね。このまま執行されないのでは、と。

Ｕ　そういう展開もあるんですか？

男　あり得ますね。

Ｕ　その時はどうするんです。

Ｆ　執行せずです。

O　その結末は我慢なりませんね。
男　（笑い）あなたがそうしようとしたんだ。
O　設定をそうしてしまったから仕方ないでしょう。あなた方はやっぱり執行される
　ことを望んでるんだ？
男　あなたは違うと？
O　望んでますよ、当たり前でしょう。
U　一概に言えないな。
O　どういうことです。
U　この人が言ったじゃありませんか。まるで無だと。
O　あの言い草も私はよく理解できない。執行の報を聞いたら、私はすっきりするか
　も知れない。
U　私はまったくすっきりしなかった。
F　あなたのほうはもう執行されたんですね。
U　ええ。でも確かになにもなしです。
O　無なんて一言でまとめていいんですかね。

男　ですから何も終わっていないんです。

Ｏ　じゃあ何を終わりとするんです？

Ｆ　自分が死ぬまで終わらないんですよ。

Ｏ　じゃあ死刑はなんのためにあるんです？

Ｆ　……。

男　……。

Ｕ　……。

Ｏ　他人に任せないで、自分の手で復讐を遂げること。その方法でしかすっきりはしないと私は思っている。

Ｆ　では、そういう展開に持ち込めばいいでしょう。

Ｏ　大臣に当たっちゃったからできなかったんだよ。

Ｆ　そういうことを言うもんじゃない。

Ｏ　なんだい、エラソーに。

Ｒが黒い箱を持って出てくる。

R　どうやらもう一回やるべきのようですね。
男　始めますか。
F　やりますか。
U　始めましょうか。
O　なぜまたやるんだ。
R　やるしかないんですよ。やるしか。

五人は箱の中に手を突っ込み、紙切れを取り出して各々開いて見る。

O　今度はじっくり聞かせてもらいますよ。気に入らなかったら介入します。
F　それはルール違反です。
O　では、また後で。（去る）

四人、位置につく。

男

会社を定年で退職してから、庭いじりが趣味になりました。恥ずかしいことですが、植物がそれぞれ生命を携えて生きている事実を初めて実感しました。何十年ぶりでしょうか、土に触れました。土もまた生きているのだと知りました。

土を掘ります。そうすると虫やら根っこやら小さな生き物がわんさと姿を現します。土という生命に守られて微生物が何億と生きている。何億という数はわたしの想像です。在職中は見向きもしなかった小さな庭が、土と植物と微生物から構成される小宇宙に見え始めたのです。そこに棲息する何億もの生命をひとつひとつ確かめてノートに書いておきたいと思いました。近所の本屋で植物図鑑と昆虫図鑑を注文しました。死ぬまでにどれだけの生命体を記すことができるだろうか。

夜になると蛙も現れます。毎年門の外で車に轢かれて潰されている蛙はうちの蛙だったのだと、これもまた初めて知りました。潰された蛙はたいてい放置されたままやがて干からび、分解して散逸し、跡形も無くなります。いつもその頃が秋の始まりでした。

図鑑が届いたという本屋からの電話のすぐ後のことです。事件を知らされたのは。行く先を知らされないままの旅の始まりでした。ナチス・ドイツによって列車に乗せられたユダヤ人のようでした。この譬えには多くの非難が起こるでしょう。おおげさだし、お門違いだろう、と。列車のユダヤ人の行く先は絶滅収容所です。死が待っていたのです。わたしに死が待ち伏せしているわけではない。でも、裁判が始まってからの日々、わたしはかつて海外出張の折りに立ち寄った絶滅収容所の光景を想い、列車の人々の底知れぬ不安感を共有した気分になったのです。夏の盛りの、太陽熱が痛い日でした。収容所観光に赴いたのは。当時のわたしといえば、それに別段興味があるわけではなく、歴史好きの同僚に誘われて向かったというだけのことでした。太陽で黄色くなった広大な敷地でわたしはまるで言葉を失っていました。自分の感情がどのように動いているのか、まったくわけがわからなくなっていました。悲しみや衝撃と呼ばれるものとも違う、名づけようのない感情の停止とでも言いましょうか。

裁判が続けられる日々、あの時の気分、収容所に立ち尽くした時のあの感じがよみがえり、それがじわじわと体に染み渡っていくのがわかりました。

法廷で顔を見ても、なんの感情も湧き上がりませんでした。目を伏せたままの彼をじっと見ているだけでした。自分が、言葉を失ったからっぽの容器のように感じました。飲み屋で酒を飲み、自分をデクノボーと罵りましたが、一方で慰めの声をかける自分もいました。こういう事態になった時の言葉を用意している親がどこにいるのだろうか、と。誰がひとごろしの親になることを予想できるだろうか、と。

男　R　U　F

！

！

！

暗くなって帰宅すると蛙が門の外の歩道にいました。ちりとりを持ってきて蛙を拾おうとしました。逃げ惑う蛙は門の石段まで飛び上がることができない。そういうことかと合点しました。蛙は石段を一度下りてしまうと戻ることができない。蛙が潰されてなるものかと、夜、懐中電灯とちりとりを持って門の外をパトロールすることにしました。そうやって何度か蛙を庭に帰しました。

裁判の傍聴には一度行っただけでした。死刑判決は弁護士の方から知らされました。

　蛙のパトロールは深夜にまで及び、一時間おきに続けられ、明け方にまで及ぶこともありました。ある晩、いつものようにパトロールに立ち上がったわたしを妻が止めました。妻は泣いていました。わたしは、「なぜだ」と質問しました。妻は、季節はもう冬だから蛙はいないだろうと答えました。

　息子は時折、手紙をよこしてきました。死刑囚になったからといって、わたしたちにとって息子の何かが変わったわけではありません。息子は前と同じ息子でした。ただ、親への謝罪の文面で占められた手紙を読むたびに、わたしは心のなかでつぶやくのです。

「いっそのことなら殺すより殺されるほうでいたかった」

　酒に酔っている時は叫ぶのです。

「息子よ、なぜおまえは俺たちを殺さなかった。他人様ではなく、俺たちを殺めればよかったんだ」

　今日、息子が執行されたことを知らされました。悲しみも何も沸き起こらず、感情と名づけられる心の動きがまるで停止したかのように……収容所の敷地で生

まれたあの感じのままに……静かに感情の停止が完了したことを実感しました

R　……（言葉に詰まる）

U　これ、ありなのかよ。

男　ちょっと、あなた……

R　わかりますでしょうか？　あなた方と同じ。わたしも家族を殺された遺族です。

F　なにしゃべってんだ、あんた。

男　ルール違反だぞ。

U　すいません。これはこの役柄の言葉ではありませんでした。

男　どうしました？

F　やり直させてください。いいですか？

男　……どうぞ。

U　忘れ去ることは不可能なのだ……（また詰まり、動揺している）

男　休憩をとりますか？

U　大丈夫です。

F　私からいきましょう。……感情の停止か。確かに私は日々感情の停止に立ち会って、いつしかそれに慣れてしまっていた。私は本当にあいつの執行を願っているのだろうか。八月の酷暑の夜、私は……（詰まる）すみません。おかしいな、言葉が出てこない。最初からいきます。……感情の停止か。確かに……確かに私は本当に……八月の酷暑……ああああああああああああ！　私は忘れます！　一切合財、忘れてみせるぞ！（走り去る）

U　……。

R　……。

男　……。

Oが出てくる。

O　出て行きましたよ。

R　多分もう戻っては来ないでしょう。

U　ええ。あの人なら戻って来ない。

O　私が代わりに入ります。ルール違反ですか。

男　……。

U　……。

R　……。

O　では、やります。

O、Fのいた位置につく。

男　やはり、私からやらせてください。

O　どうぞ。

男　五月です。木々が燃えさかるような緑をつける五月、無を背負った私たちがよみがえる。この生に意味があると信じ合いながら。そして、青空から深い絶望とガラス細工の希望が舞い散り、全身にそれらを浴びた私たちは救われて、救われず、救われないままで、救われる。……部屋に戻った私たちは窓を開ける。

U　……窓を開ける、か。

R　……窓を見つけないとな。

Ｏ　それがなんだというんだ。

男　……窓を開けよう。

いつしか奥で微かな光りが輝いている。

Ｒ　（光りに気がついて）あれ？

四人はそれに振り返る。

四人　……。

光りは次第に大きくなり、四人を包み込む。

終

「劇作家の作業場」の記録

世田谷パブリックシアターの当時の学芸スタッフから、「劇作家の作業場」ということをやりたいと提案されたのは、二〇一〇年の十一月だった。わたしはまずこの企画の命名が気に入った。演出家の作業場はもちろん稽古場だ。小説家の作業場は書斎だ。そこで劇作家の作業場とは、どこだ？

劇作家が、演出家とも小説家とも違う現場性で動いているのだという当たり前のことを、あえて特権化しているこの命名がいいと思った。

わたしの劇作家のイメージとは、情実というセンチメンタリズムと、作家性というドライさを同時に抱え持ち、思索と行動のあいだを忙しげに行き来する名づけえぬもの、だ。すると、劇作家の作業場とは、稽古場のノイズを内包させた書斎とでも言えばいいだろうか。それは路上の書斎化であり、書斎の路上化とも言える。

企画の説明の席で、これは劇作家が戯曲の文体を探るためのワークショップで、テーマは「モノローグの可能性」に決めたいと提案が出された。詳細はわたし自身がどういったものをやりたいのか、それによって逐次決めていこうと話し合った。

わたしはこの企画をおもしろいと感じて、すぐに乗った。演出家がひとつの舞台を仕上げるためにワークショップ形式で進めていくことは昨今珍しくもないが、劇作家が戯曲を書き上げるために、まず公的に開始を示し、他人の声の導入をはなから目論んで書く作業は、滅多にないからだ。

しかし、当事者たちが混乱してはならないのは、「劇作家の作業場」と名づけられたこれの目的は、文体の模索に尽きるわけで、ワークショップという呼び名から容易に想像でき得る、劇作家もしくは演出家が、俳優の生声を導き出してそれを台詞にしたり、あるいは即興から偶発的に発せられた台詞から構成台本を作り上げるといった「集団作業」とは一線を画す、ということだ。

故に、この作業はパリはムーランルージュの裏手に建つテアトル・ウヴェールが地道に、同時に派手派手しく行っている劇作家育成の方法、初稿のリーディングから幾度となく改稿とさらにリーディングを行ない、その過程と成果を重要視して上演にまで至らしめるやり方に似ている。

ウヴェールのこの作業は、まさしく戯曲を立ち上げる際の王道の理想、理想の王道なわけだが、しかし、これと今回の作業場が違う点は、出発点が、書き上がったもしくは書き上がりつつある戯曲であることが絶対条件では必ずしもなく、ただ漠然と提出されたモノローグという一点によって発生される何物かであってよい恣意性と、ワークショップの成果によって上演が確約されるわけではない、とりあえず上演は考慮には入れないという確認だった。

モノローグをおさえておけば、なにをどうやってもいいわけだ。しかし、モノローグを独立したモノローグとしてだけ書くのはつまらないと感じたわたしは、そこでこの作業場をきっかけとして一本の戯曲を書こうとあらかじめ決意し、全体の構想と、そのなかでモノローグがどのように機能するのかを考えた。

最初に書いた構想の記述はこうだ。

四人の男がいる。登場人物はこの四人のみだ。

● 裁判員制度で選ばれ裁判員となった会社員。
● 死刑執行命令の権限を持つ法務大臣。
● 未決囚（死刑確定囚）の世話をする拘置所の刑務官。
● 未決囚（死刑確定囚）。

四人が共通して抱え持つ事情と状況は、未決囚が犯した罪をめぐっての考察と、これから執行される死刑という罰についての様々な思いだ。

彼らは職業も環境も違うものの、死刑制度という同じ土俵の上でひとり内面で格闘している。

やがて四人のなかで対話が始まる。
○　刑務官と未決囚の対話。これは日常の光景として日頃から為されるものだ。
○　裁判員の会社員と法務大臣の対話。これは在り得ないものではない。
○　会社員と刑務官の対話。これもまた在り得ないものではない。
○　法務大臣と刑務官の対話。これもまた在り得ないものではない。
この劇は日常の時空間のリアリズムを超えて、死刑制度という観念の世界に深く入り込むために、現実原則を逸脱する。

すなわち、

○　法務大臣と未決囚の対話。
○　会社員と未決囚の対話。
さらに、
○　四人全員の対話。
という在り得ない光景が描かれる。

死刑執行という共通の事項をもとに、四人の男たちのこれまでの、今の人生と生活が浮き彫りにされる。彼らのそれは決して単純に幸福なものではない。

さらに、劇は飛翔する。

四人はお互いの役割を交換してみようとする。

すなわち、
○　法務大臣が未決囚に。
○　未決囚が刑務官に。
○　刑務官が会社員に。
○　会社員が法務大臣に。

といった具合だ。

四人は違う立場から自分の立場を観察し、考える。

やがて四人はもとの役割に戻る。

死刑は執行される。

残された三人の人生と生活にこの執行は強く影響する。

ある者はほとんどアルコール依存症となる。ある者は職場を変える。

ある者は必死に通常通りの生活を続けようとするが、爆発してしまう。それでも日常は、彼らの苦悩と関係なく続く。

生きていかなければ……

と誰かがつぶやく。


これが『4』の最初のシノプシスである。タイトルはこの時すでに『4』だった。

年が明けて三月の下旬に、世田谷パブリックシアターの稽古場で、観客は関係者に限定して、なにかしらやろうと決まった。

そこでまず四人のモノローグを書き始めた。完成された戯曲でいうとシーン2にあたる部分である。春夏秋冬を意識して織り込み、それぞれ季節が違うように設定した。

書いている最中、書斎が揺れ始めた。三月十一日の出来事である。それからは余震の日々である。尋常さと日常性を喪失させた街をさまよい、呆然とし、そしてモノローグを書き続けた。書いていると、強い余震が書斎を襲い、ワープロの画面が揺れる。そのまま書き続けていると、「自分は今、揺れながら書いているのだなあ」といったことが意識され、えらい時代に生きてしまった、遭遇してしまったという実感がひしひしと湧いた。

余震のたびに、瀕死に近い状態でなんとかしのいできた脆弱な国の形態が根本から揺さぶられているという思いと、日々正常と平静を保っていたはずの自分の精神の根拠が大きく揺らされ、その根拠のやわさが露呈される気分に陥った。

巨大な揺れは、わたしがもし十代から二十代前半の時ならば、理由なき破壊衝動とアナーキズムから、違った気分で向き合うかも知れない。しかし、わたしはすでに建設のほうにいる年齢の人間であり、またそうである自分自身への認識も、揺れによって強く確認された。

こうしたことが、最初の四人のモノローグには反映されているかも知れない。

稽古場発表日は三月二十九日だった。この段階で登場人物四人は、男1、男2、男3、男4と名づけられていた。

出演者は、金尾哲夫、伊達暁、原金太郎、真那胡敬二の四氏。

読み合わせと稽古は当日の午後、都合二回ほど行った。

まず男1・原、2・金尾、3・真那胡、4・伊達とキャスティングし、引き続き今度は1・伊達、2・真那胡、3・金尾、4・原と換えて、さらに読む順番を二度目は1234から4231とこれも換えて四個のモノローグを二回、都合八回のモノローグが語られる演出で、上演時間は50分ほどだった。役柄の変更は、シノプシスに書いたキャラクターの変換の具合を試してみたかったからである。

終演後、三軒茶屋の居酒屋で打ち上げをした。話題は自然、あの震災の日、いつどこでなにをしていたかということになり、ひとりひとりが語り続けた。

すると話しているそばから余震があり、お互い無言になって顔を見合わせる。低い天井が揺れて埃の粒子が落ちてくる。

この後、劇場側から『4』を上演しようという話を受けた。まったく思いもよらなかった朗報であった。本公演を視野に入れてもう一段階踏み込んだリーディングをシアタートラムでやろうということになり、本格的に執筆態勢に入った。二〇一一年の夏である。

３・11とその後の街、特に東京の街と人間たちのことを書かなければという思いが強く、まず『路上３・11』を書いた。『路上1』『路上2』『路上3』と続けられたシリーズの四作目にあたるこの戯曲では、シリーズの登場人物たち、新宿の根無し草、風来坊、ボヘミアンもどきの人々が震災と原発問題に何を思い、どう行動するかを書いた。

『4』に取り掛かる前に、まずはこれを書かずにはおられないという思いがあり、これは３・11についての、言わばわたしにとっての具象画である。

『路上３・11』を書き終えて、『4』では、震災の事象を直接には言及すまいとした。例えば初稿の男4すなわちRの最初のモノローグでは、拘置所で地震に見舞われたという記述があったのだが、これは削除した。前述した通り、３・11は当日から現在に至るまでわたしに深く何かを刻印し、この戯曲が３・11から生まれたというと言い方をしたい気持ちもあるが、そう言い切ってしまうと、逆に言い過ぎの感がある。

死刑とその制度についての関心をもう長年持ち続けている。すでに一度、『春独丸　俊寛さん　愛の鼓動』（二〇一〇年論創社刊）のなかの『愛の鼓動』で、わたしは書いている。

「死刑制度という不条理」などとおさまりのよさげな一言で決してまとめまいと思う。そんなフレーズではおさまりきらないので作品として書くのである。

制度に対しての反対賛成の態度を表明し、訴えるために書くのではない。反対賛成、一言で言い切れないから作品を書くのである。

シアタートラムでのリーディング公演は二〇一一年十一月二十一日に行われた。その時のパンフレットに書いた文章をここに採録したおきたい。


『さらなる作業に向けて』

「劇作家の作業場」は世田谷パブリックシアターの発案により、まずは今年三月、劇場の稽古場でごく内輪の観客を前に行われた。「モノローグの可能性を探る」というテーマのもと、私は四人の登場人物を創造し、二十枚ほどの台詞を書いた。それは金尾哲夫氏、伊達暁氏、原金太郎氏、真那古敬二氏によって初めてこの世に発語された。

今回、台詞は戯曲初稿というさらに完成に近づいた形でその一部がリーディングされる。第一回目の俳優は、あえて私の台詞にこれまでつきあったことのない方々に読んでいただきたいという思いで出演を願ったのだが、今回はもう何度か私の戯曲世界に触れている俳優諸氏というコンセプトから出演をお願いした。発語されたそれを聴き取った私は、この後さらに戯曲のブラッシュアップへと向かうだろう。劇作家にとってこれほど贅沢なプロセスはない。しかし、これを実現させるのは、劇場の非営利活動への理解と、劇作家の可能性の冒険への決意という両者の勇気が必要とされる。

勇気を持ってさらに進もう。


この時のキャスティングは、F・手塚とおる、O・吉田鋼太郎、U・扇田拓也、R・中村崇の四氏であった。

リーディングは一時間強、Rが処刑されるところまでを上演した。戯曲は最後まで書き上げられてはいたが、後半部分はあくまで暫定であるので、そこまでの上演に止めた。この段階で「男」という登場人物はまだ現れてはいなかった。

八人の俳優諸氏の発語と観客の反応に触発されて、さらに戯曲を直し、書き進めた。特に後半から結末までは、初稿と大きく変わった。

気がつけばテアトル・ウヴェール方式の、劇作家にとって、王道の理想、理想の王道の環境を与えられていたのだ。

登場人物たちはもちろん、直接イコール作者ではない。登場人物の主張はイコール作者のイデオロギーではない。そのように解釈して戯曲という文芸ジャンルを心地良いわかりやすさと単純さに幽閉させてはならない。しかし、この戯曲世界に、わたし自身の、ここ十数年で立ち会った生活上における様々な事象と、それに呼応しての意識の運動の模様が、少なからず反映されていることを否定はできないだろう。

戯曲と劇作家の未来に向けて、わたしが体験した「劇作家の作業場」の日々を記述した。こうした環境の試みが、日本の劇現場のあちらこちらで行われるのを願い、念じたい。

『4』上演と出版に関わっていただいたすべての皆様に深謝いたします。

本当にありがとうございます。

二〇一二年八月

川村　毅

初演　二〇一二年十一月五日〜二十五日　シアタートラム。（公財）せたがや文化財団主催公演　作／川村　毅　演出／白井　晃　出演／F・池田鉄洋、O・田山涼成、U・須賀貴匡、R・高橋一生、男・野間口徹

川村　毅（かわむら・たけし）

劇作家、演出家、ティーファクトリー主宰。

1959年東京に生まれ、横浜に育つ。

1980年明治大学政治経済学部在学中に第三エロチカを旗揚げ。'02年自作プロデュースカンパニー・ティーファクトリーを設立、以降創作活動の拠点としている。

『新宿八犬伝　第一巻―犬の誕生―』にて'85年度第30回岸田國士戯曲賞受賞。'10年30周年記念公演として第五巻・完結篇を発表、全巻を収めた「新宿八犬伝［完本］」を出版、第三エロチカを解散した。

'99年より改作を重ねた『ハムレットクローン』は、'02年パリにてJ.ラヴォーダン演出・仏訳版リーディング公演等を経て、'03年セゾンシアタープログラム東京公演、Laokoonカンプナーゲル・サマーフェスティバル（ハンブルグ）他ドイツツアー、'04年にはブラジルツアーを行った。

'03年世田谷パブリックシアターと京都造形芸術大学舞台芸術研究センター共催公演として初演の『AOI/KOMACHI』は、'07年国内ツアー、北米ツアーにて再演。英・仏・独・伊語に翻訳され、出版や現地でのリーディング公演が行われている。

同、世田谷パブリックシアター主催＜現代能楽集＞シリーズとして'10年「『春独丸』『俊寛さん』『愛の鼓動』」書き下ろし。

'11年よりP.P.パゾリーニの戯曲作品を構成・演出し日本初演する連作を開始。「Nippon Wars and Other Plays」（川村毅英訳戯曲集）等海外での翻訳出版も含め、戯曲集、小説、エッセイほか著書多数。http://www.tfactory.jp/

4《フォー》

2012年9月30日　初版第1刷印刷
2012年10月10日　初版第1刷発行

著　者　川村　毅
発行者　森下紀夫
発行所　論 創 社
〒101-0051 東京都千代田区神田神保町2-23　北井ビル
tel. 03（3264）5254　fax. 03（3264）5232
振替口座 00160-1-155266　http://www.ronso.co.jp/
装丁　奥定泰之
印刷・製本　中央精版印刷

ISBN978-4-8460-1177-2